Nota para los padres y encargados:

Los libros de *Read-it!* Readers son para niños que se inician en el maravilloso camino de la lectura. Estos hermosos libros fomentan la adquisición de destrezas de lectura y el amor a los libros.

 El NIVEL MORADO presenta temas y objetos básicos con palabras de alta frecuencia y patrones de lenguaje sencillos.

 El NIVEL ROJO presenta temas conocidos con palabras comunes y oraciones de patrones repetitivos.

 El NIVEL AZUL presenta nuevas ideas con un vocabulario más amplio y una estructura gramatical más variada.

 El NIVEL AMARILLO presenta ideas más elevadas, un vocabulario extenso y una amplia variedad en la estructura de las oraciones.

 El NIVEL VERDE presenta ideas más complejas, un vocabulario más variado y estructuras del lenguaje más extensas.

 El NIVEL ANARANJADO presenta una amplia de ideas y conceptos con vocabulario más elevado y estructuras gramaticales complejas.

Al leerle un libro a su pequeño, hágalo con calma y pause a menudo para hablar acerca de las ilustraciones. Pídale que pase las páginas y que señale los dibujos y las palabras conocidas. No olvide volverle a leer los cuentos o las partes de los cuentos que más le gusten.

No hay una forma correcta o incorrecta de compartir un libro con los niños. Saque el tiempo para leer con su niña o niño y transmítale así el legado de la lectura.

Adria F. Klein, Ph.D.
Profesora emérita, California State University
San Bernardino, California

Translation and page production: Spanish Educational Publishing, Ltd.
Spanish project management: Jennifer Gillis/Haw River Editorial

First Spanish language edition published in 2007
First American edition published in 2003
Picture Window Books
5115 Excelsior Boulevard
Suite 232
Minneapolis, MN 55416
1-877-845-8392
www.picturewindowbooks.com

First published in Great Britain by Franklin Watts, 96 Leonard Street, London, EC2A 4XD
Text © Anne Cassidy 2000
Illustration © Lisa Smith 2000

Printed in the United States of America.

Library of Congress Cataloging-in-Publication Data
Cassidy, Anne, 1952-
[Sassy monkey. Spanish]
El mono malcriado / por Anne Cassidy ; ilustrado por Lisa Smith ; traducción, Clara Lozano.
p. cm. — (Read-it! readers en español)
Summary: When Emilia finds a monkey in her treehouse she tries a number of ways to
rid of him.
ISBN-13: 978-1-4048-2688-5 (hardcover)
ISBN-10: 1-4048-2688-2 (hardcover)
[1. Monkeys—Fiction. 2. Tree houses—Fiction. 3. Spanish language materials.] I. Smith, Lisa,
1962 Oct. 13- ill. II. Lozano, Clara. III. Title. IV. Series.

PZ73.C37282 2006
[E]—dc22   2006004202

El mono malcriado

por Anne Cassidy
ilustrado por Lisa Smith
Traducción: Clara Lozano

Asesoras de lectura:
Adria F. Klein, Ph.D.
Profesora emérita, California State University
San Bernardino, California

Ruth Thomas
Durham Public Schools
Durham, North Carolina

R. Ernice Bookout
Durham Public Schools
Durham, North Carolina

PICTURE WINDOW BOOKS
Minneapolis, Minnesota

Emilia se levantó tarde un día.

Salió al jardín y encontró

a un mono dentro de su casita
del árbol.

—¡Mono, sal de mi casita del árbol!
—le gritó Emilia.

—¡No, aquí me voy a quedar!
—le respondió el mono.

Emilia se puso morada de coraje.

—¡No, no te vas a quedar ahí!
—le gritó Emilia.

Emilia hizo un plan.

Le declaró la guerra al mono.

Pero el mono tenía muchos flanes.

—¡Toma esto! —gritó el mono
y se los arrojó.

Emilia necesitaba otro plan.

Miró en su caja de juguetes.

Emilia se volvió pirata.

Hizo un plan para apoderarse
de la casita del árbol.

El mono también se volvió pirata.

Disparó muchos cacahuates

para alejar a Emilia.

Entonces Emilia se volvió vaquera.

Hizo un plan para capturar al mono.

Pero el mono tenía un plan mejor

y Emilia se empapó.

El mono se desternilló de risa.

Emilia ideó otro plan.

Fue a la cocina.

Emilia hizo una trampa
para el mono.

28

El mono bajó de la casita del árbol...

...¡y se fue derechito
a la cama de Emilia!

Más *Read-it!* Readers

Con ilustraciones vívidas y cuentos divertidos da gusto practicar la lectura. Busca más libros a tu nivel.

Campamento de ranas	1-4048-2682-3
Dani el dinosaurio	1-4048-2706-4
El gallo mandón	1-4048-2686-6
El salvavidas	1-4048-2702-1
En la playa	1-4048-2685-8
La cámara de Carlitos	1-4048-2701-3
La fiesta de Jacobo	1-4048-2683-1
Lili tiene gafas	1-4048-2708-0
Los osos pescan	1-4048-2696-3
Luis y la lamparilla	1-4048-2704-8
Mimoso	1-4048-2710-2
¡Todo se recicla!	1-4048-2689-0

CUENTOS DE HADAS

Caperucita Roja	1-4048-2687-4
Los tres cerditos	1-4048-2684-X

¿Buscas un título o un nivel específico? La lista completa de *Read-it!* Readers está en nuestro Web site: *www.picturewindowbooks.com*